Paris et le gai savoir

Jean-René CESSINAS LE GUERN

ISBN : 9798720576707

A Paris,

Capitale de mon premier cri

De mes yeux d'enfant,

Capitale d'un amour

Qui m'a offert une fille,

Capitale de mon cœur

Capitale de ma vie.

A mon père

A ma mère,

A Sophie et à ma fille

Ces 75 poèmes qui chantent

Paris

Pour savoir,

Par amour

Et avec joie.

« Ecrire avec le pied »

« Je n'écris pas seulement avec la main : Mon pied aussi veut toujours écrire. Ferme, libre et audacieux, il court tantôt à travers champs, tantôt sur le papier. »

NIETZSCHE (Plaisanterie, ruse et vengeance qui précède le gai savoir)

« Il fut un temps, ami, où mon cœur aussi s'enflammait de grandes espérances, où je sentais moi aussi battre dans mes veines la joie de l'immortalité , où je marchais parmi de splendides projets comme dans la vaste nuit des bois, où j'avançais toujours plus loin, tels les poissons des Océans, dans l'étendue sans rives de l'avenir. »

HÖLDERLIN.

(Hypérion (premier livre))

« L'été vient. Mais il ne vient que pour ceux qui savent attendre, aussi tranquilles et ouverts que s'ils avaient l'éternité devant eux. »

REINER-MARIA RILKE (*Lettres à un jeune poète)*

« Commence par faire le nécessaire, puis fais ce qu'il est possible de faire et tu réaliseras l'impossible sans t'en apercevoir. »

François d'ASSISE

Lady Diana et La Callas

Place de l'Alma,
On offre des fleurs
A Lady Diana,
Princesse de cœur.

La flamme dorée
De la liberté
Rappelle un mystère :
Accident sur Terre.

Tout près, La Callas
A aussi sa place.
Diva et princesse
Chantent la détresse.

Le Zouave mesure
Les crues de la Seine.
Je vois ses chaussures.
La Seine est sereine.

Les Champs-Élysées

Les Champs-Élysées,
Iles fortunées,
Voient La Boétie
Et Montaigne aussi.

Lieu de douce vie
Offert par les Dieux,
Les héros, ici,
Sont des bienheureux.

A chaque printemps,
Des marathoniens
Descendent les Champs.
Quel rêve olympien !

La belle aventure !
Cadeau de la vie :
Traverser Paris
Sans bruit de voitures.

Le Palais de la République

Paradis antique,
Soldat inconnu,
Haut lieu touristique,
Plus belle avenue !

L'hôte du palais
Est le Président.
Où sont à jamais
Les nobles d'antan ?

Ont vécu ici
Le Duc de Berry
Et la Pompadour,
Marquise d'amour.

C'est la République
Qui l'a emporté :
Salons magnifiques
Pour l'égalité !

La Concorde

Méhémet Ali,
Grand homme historique,
Offrit à Paris
Un bel obélisque

Venu de Louqsor.
Quel geste amical
Pour la capitale !
Au sommet : de l'or.

Je regarde en face
Plus de trois mille ans.
La plus grande place
A vu tant de sang.

Concorde et espoir,
Mille et une peines,
J'écoute l'histoire
Aux chants des fontaines.

Place des Victoires

Place des Victoires !
Le pouvoir royal
Brille de sa gloire
Sur son grand cheval.

Mort de D'Artagnan
Et nobles de sang !
Maastricht cruelle !
L'Europe étincelle.

Déjà, le royaume
Croulait sous les dettes.
Les guerres, les fêtes
Brûlaient tous les baumes.

Rue des Petits Pères,
Je suis silencieux.
Une maison bleue
Demeure un mystère.

Charles Baudelaire

Pierre Ernest Pinard
Accusa Flaubert
Et puis Baudelaire.
Il en fit des stars.

Mieux vaut un procès
Pour une œuvre phare.
Ainsi, à jamais,
On célèbre l'art.

Charles baptisé !
Oui! A Saint-Sulpice !
Il fut invité
A l'île Maurice.

Je songe aujourd'hui
A ces flots indiens,
Paul et Virginie
Et à Bernardin.

Le jardin du Luxembourg

Un enfant s'amuse
Tout près de mon cœur.
Il rit et il pleure
Autour de ma muse.

C'est le Luxembourg
Avec son jardin,
Ses femmes de cour
Et ses écrivains !

J'ai joué souvent
Près d'une fontaine.
J'ai vu des amants
Proche de Verlaine.

J'irai dire un jour
A la liberté
Toutes mes pensées
Venues de l'amour.

La Bastille

Paris tour Eiffel
Et les voix s'élèvent !
Paris dans le ciel !
Voilà que je rêve !

Paris avenues
Ou bien boulevards !
Jolies inconnues
Aux tendres regards.

Paris La Bastille :
C'est la liberté
Qui chante et qui brille
Juste à mes côtés !

Paris dans la nuit
Ou sous le soleil,
Je vois l'infini
Toucher des merveilles.

Place des Abbesses

Je me désaltère
Assis sur la cime
D'un poème en rimes.
Je m'offre de l'air.

Voici l'oxygène
De l'inspiration !
Y-a-t-il des gènes
De la création ?

Il fait doux ce soir.
Le long de la Seine,
Je quitte mes peines
Pour le gai savoir !

Au revoir tristesse !
J'ai un cœur à prendre
Et tout à apprendre
Place des Abbesses.

Le pont Mirabeau

Aragon écrit
« Il ne m'est Paris
Que d'Elsa ».L'amour
Invente un parcours.

Le pont Mirabeau
Et Apollinaire
Sont comme deux frères
Au-dessus de l'eau.

La joie et la peine
Coulent avec la Seine.
Les amours s'en vont
Avec des chansons.

Ecoutez les flots
Partager les mots !
Paris en poèmes
Vous dit : « je vous aime ».

Paris dans mes yeux

J'avais tout perdu,
Oui ! Ma joie de vivre
Avait disparu.
Je n'étais plus libre.

Alors, j'ai marché
Et j'ai regardé.
Le ciel et les rues
Me sont apparus.

Le soleil brillait
Contre mon épaule
Et je retrouvais
Peu à peu mon rôle.

Départ pour le bleu,
Même dans la nuit,
Et j'ai pris Paris
Juste dans mes yeux.

Musée Cluny

Le Marais s'amuse
Avec des archives.
Bien sûr que j'arrive !
J'ai trouvé ma muse.

Place Châtelet,
Prison de misères,
Je pense à Voltaire,
Celle qu'il aimait.

Au musée Cluny
C'est le moyen-âge,
Et la courtoisie
Est loin d'être sage.

La licorne en vue !
Mon cœur est bien nu.
C'est la délivrance
Devant les cinq sens.

Gare Saint-Lazare

Place de l'Europe,
Rue Constantinople,
Je prends rue de Vienne
Ta main dans la mienne.

Rue Saint-Pétersbourg
Je parle d'amour.
Mais rue de Madrid
Tu restes timide.

Londres, Liège ou Rome,
Je ne suis qu'un homme
Auprès d'une femme
Qui guide ma flamme.

Gare Saint-Lazare,
J'inspire la vie.
Un train en retard
Traverse la nuit.

Musée Picasso

Musée Picasso :
L'ancien est nouveau ;
Visages de femmes
Qui montrent leurs âmes.

Rien n'est au carré
Mais tout est cubique ;
Couleurs élastiques
Pour d'autres beautés.

Près de la cité,
Le marché aux fleurs
Offre à mes pensées
De jolies couleurs.

J'ai ouvert les yeux
Au vieil Hôtel-Dieu
Et mon premier cri
Fut donc pour Paris.

Rue François Miron

Rue François Miron,
Prévôt des marchands,
Je vois en marchant
Deux vieilles maisons.

C’est le moyen-âge,
Devenu très rare,
Qui montre son âge
A tous les regards.

Au palais du Louvre
Le passé s’entrouvre
Et l’antiquité
Offre sa beauté.

Mes yeux se déplacent
Dans un univers
Où l’imaginaire
Me regarde en face.

La Goutte d'Or

J'ai vu certains jours
Un beau sous-marin
Dans ce grand jardin
Qu'est le Luxembourg.

La rue des degrés
Est un escalier.
Longue de 6 mètres,
Elle est sans fenêtres.

Le Mont Orgueilleux,
N'est plus, c'est heureux,
Un tas d'immondices
Aux germes complices.

C'était autrefois :
Le vin blanc des rois
Ressemblait alors
A des gouttes d'or.

Passage du Caire

Voilà sur la droite
Un mur végétal,
Sculpture idéale
Et nature adroite.

Au fur à mesure,
Je vois la verdure
Laisser apparaître
Toutes les fenêtres.

Plus loin, j'aperçois
La déesse Hathor.
L'Egypte est pourquoi
L'objet du décor ?

Passage du Caire,
Rue Alexandrie :
Petit paradis
Debout sur la Terre.

Porte d'Enfer

Carrières de pierre
Dès le moyen-âge,
L'entrée près d'Enfer
Invite au voyage.

On fit le dessus
Avec le dessous.
On y fit des trous
Et cela a plu.

Dans les catacombes,
Beaucoup d'innocents
Ont trouvé leur tombe
Pour leurs ossements.

Paris souterrain :
Refuge et abri,
Paris clandestin
Encore aujourd'hui.

Café du Croissant

Café du Croissant,
Jaurès y est mort.
Il voulait si fort
La paix pour son temps.

C'est l'humanité
Et l'esprit d'un homme
Qu'on tua en somme :
« Bonsoir liberté ! »

Un certain Villain,
Qui fut acquitté,
Signa le destin
D'un monde enragé.

Crime près d'un lieu
Où vécut la presse :
Adieu jours heureux !
Adieu Jean Jaurès !

Jardin des plantes

Joseph Lakanal
Est mort à Paris.
Il y défendit
L'école normale.

On lui doit aussi
Une académie,
L'égale lumière,
L'école primaire.

A la convention
Il propose et vante
La conservation
Du Jardin des Plantes.

Il fit protéger
La propriété
De grands inventeurs
Pour notre bonheur.

Place des Vosges

Ma marche divague.
La rue de Birague
Me mène à la place
Des Vosges. Je passe.

Tout près, un duel
A été cruel :
Hôtel des tournelles,
Mort accidentelle.

Henri II de France
Prit un coup de lance.
Dans l'œil et Paré
Ne put le sauver.

Ce fait semble écrit.
Mystérieux rébus
Que les prophéties
De Nostradamus !

Faubourg Saint-Germain

Faubourg Saint-Germain :
Hôtels et richesses,
Lieu d'une noblesse
Puis républicain.

Musées, ministères,
Maillol, Matignon
Et parlementaires
Au palais Bourbon.

Voilà le pouvoir !
Peintres et sculpteurs !
Talleyrand ! Renoir !
Puissance et splendeurs !

L'aigle dans les airs
Prend de la hauteur :
Retour sur ses terres
D'un grand empereur.

Notre-Dame

Devant Notre-Dame,
Je suis sous le charme.
Je vois à présent
La rose des vents.

Sur le point zéro
Des routes de France,
Je l'attends .C'est beau ;
J'ai toutes mes chances.

Mon cœur a des ailes.
Je rêve vers elle :
Oiseau romantique
Aux yeux féériques !

C'est un rendez-vous
D'amour et d'eau fraîche.
Je vais vers un nous
Que plus rien n'empêche.

Rue de la Gaîté

A l'observatoire
J'observe la nuit,
Et mon cœur aussi :
Etoile à revoir.

Rue de la Gaîté,
On buvait toujours
Du vin non taxé
Au nom de l'amour.

Muses d'Apollon !
Soufflez-moi encore
L'air d'une chanson!
Que je chante encore !

Cafés et Guinguettes
Invitaient la fête.
Comédie et danse
Donnaient la cadence!

La Tour Saint-Jacques

Je pose mon sac.
Assis dans le square
De la tour Saint-Jacques,
J'écoute le soir.

Quels sont ces chemins
Qui vont en Espagne ?
Mais qui accompagne
Tous ces pèlerins ?

J'ai vu des coquilles
Dans les Pyrénées :
Preuve d'un aller,
Souvenirs qui brillent.

Auteuil et Passy,
Montmartre et Bercy
Etaient des communes.
J'ai tant de lacunes.

Rue des Feuillantines

L'Institut Curie
Se bat pour la vie.
Cancérologie :
J'en connais le prix.

L'école normale
Est très supérieure,
Victoire impériale
Pour des professeurs.

Rue des Feuillantines,
Je pense à Hugo :
Sa joie enfantine
Devant un oiseau.

Trois rois, trois lycées :
Saint-Louis, Henri IV,
Louis Le Grand. Quel astre ?
Un soleil guerrier !

Place Chatelet

Fontaine au Palmier,
Les sphinx accroupis :
La victoire ailée
Regarde Paris.

Batailles sculptées
En lettres dorées,
Ulm et Pyramides :
Stratégie limpide

Quatre aigles sont là,
Le regard de biais.
Je fais quelque pas
Métro Châtelet.

Je descends vers moi
Pour mieux me comprendre.
Des marches, des voix,
Métro à attendre.

Mozart et la rue du Sentier

Mozart y vécut.
Sa mère y mourut.
La rue du Sentier
A dû l'inspirer.

Son andantino,
Pour flûte et pour harpe,
Doux comme une écharpe,
Est un beau cadeau.

Un ange l'effleure
Et s'envole vers
Mon âme et mon cœur.
Le son est lumière.

Paris romantique :
La place Saint-Georges.
De belles musiques
Coulent dans ma gorge.

Musée d'Orsay et la maison de Gainsbourg

Graffitis, messages
Sur des murs moins sages !
La rue de Verneuil
Vaut bien le coup d'œil.

Voici la maison
De Serge Gainsbourg
Qui chanta l'amour
D'une autre façon !

Au musée d'Orsay,
Courbet et Manet
Dénudent des femmes
Et leurs états d'âme.

Proudhon, Baudelaire.
Richesse et misère :
L'Atelier du peintre
Dévoile ses craintes.

L'Hôtel-Dieu

Je suis né un soir
Au cœur de Paname.
Près de Notre-Dame
J'ai crié : « Victoire ! ».

Papa fut heureux
Dans cet ancien lieu :
Premier hôpital
De la capitale.

Maman, infirmière,
Pour une première :
Comme elle était fière
D'être sur la Terre !

J'ai eu de la chance.
Après tant d'efforts,
J'ai quitté son corps
Avec de l'avance.

Robert Doisneau et l'Hôtel de ville

Paris : c'est l'amour.
Un couple s'embrasse
Près d'une terrasse :
Lèvres de velours.

C'est Robert Doisneau
Qui fit la photo :
Le baiser subtil
De l'Hôtel de Ville.

Rigueur créatrice
Idées, pieds et rimes
Si libératrices
Que la main imprime !

Où est le sublime ?
Dans les mots ultimes
Ou bien dans les êtres
Qui viennent de naître.

Les cours des miracles et la Salpêtrière

Le jour cul-de-jatte,
La nuit sur deux pattes,
La Cour des miracles
Changea d'habitacle.

La Salpêtrière
Fut un arsenal
Puis un hôpital
Qui ne soignait guère.

La poudre de guerre
Vient du sel de pierre
Comme la misère
Provient de la guerre.

On y enferma
Des prostituées,
Des folles à lier
Que l'on enchaîna.

Charcot et Freud à la Salpêtrière

C'est le roi Soleil
Qui voulait cacher
La mendicité
Sous un autre ciel.

De force ou de gré
Femmes et enfants,
Sorcières, mendiants
Furent capturés.

Marque sur l'épaule,
Enfer féminin,
Loges, plutôt geôles
Et viols assassins.

Puis, la psychiatrie
Moderne arriva,
Charcot, l'hystérie
Freud avec son ça.

L'après-guerre et le jazz

C'était l'après-guerre
Et l'on voulait vivre,
Découvrir des livres
Et des temps sincères.

Juliette Gréco
Chantait au Tabou
« Rues des blanc manteaux »
Devant des zazous.

Luther, Miles Davis
Et Sydney Bechet
Sortaient des abysses
A coup de cachets.

Caveau bien vivant,
Oui, de la Huchette :
Jazzmen et trompettes,
Paris noirs et blancs.

Verlaine et Baudelaire

Verlaine éternel
A bu trop d'alcool
Pour être immortel
Sous une coupole.

Baudelaire aussi
Ne fut pas admis.
Triste académie
Pour la poésie !

Prince des poètes
Qui créa des fêtes
Aux rythmes impairs !
Ah ! Quel univers !

Tes poèmes brillent
Comme des étoiles
Et, souvent, dévoilent
Un cœur qui scintille.

Paris, la marche et la poésie

J'aime le pratique.
Mais, il faut aussi
Pour moi dans la vie
De l'art poétique.

Je cherche une étoile
Au bout de mes vers
Pour mettre les voiles
Vers un univers.

Connaître et marcher
Souvent dans Paris,
C'est multiplier
La joie pour la vie.

Je cherche un trésor
Beau, vrai et sonore,
Un autre décor
Pour grandir encore.

Sainte-Geneviève , patronne de la ville Paris

Paris métropole,
Le tramway décolle.
Auto et Vélib'
Deviennent possible.

Paris comme Rome
A plusieurs collines :
Montagne divine
Avec ses grands hommes !

Sainte-Geneviève
Protège Paris.
Attila, son glaive
A la main s'enfuit.

« Battu par les flots
Il ne sombre pas.»
Paris, quel bateau !
N'abandonne pas.

Saint-Germain- des-Près

Saint-Germain- des-Près
A perdu ses près
Mais pas son clocher :
Vision d'un passé.

Au café de Flore
Et des deux Magots,
On choisit des mots
Pour trouver de l'or.

Les temps sont modernes.
Je viens des cavernes.
Pensée ou lanterne,
Mes yeux me gouvernent.

Camus, Beauvoir, Sartre
C'était un théâtre.
Prévert, Gréco, Vian :
Des soleils levants.

Le méridien de Paris

Près de la cité
Universitaire,
Je vois des colverts
Vivre en liberté.

Haut lieu des rongeurs
Avant sa naissance,
Des étudiants pensent
Au milieu des fleurs.

Un méridien passe
Au parc Montsouris :
Celui de Paris
Tombé en disgrâce.

Est-ce vrai cela
Peuple du dessous ?
Des millions de rats
Peuplent les égouts.

Palais royal

La nuit sera blanche
Pour ceux qui le veulent.
Je ne suis plus seul
Et mon cœur s'épanche.

Paris et Maillol,
Mes regards cajolent
Des statues de femmes.
J'ai des états d'âme.

Palais Cardinal,
Puis, Palais royal !
Le jeu, les plaisirs,
Monsieur aimait rire.

Paris Moulin Rouge :
De nombreux touristes
Et la féministe
Olympe de Gouges !

Voltaire et les culs-de-sac

Paris, c'est ainsi,
S'apprend tous les jours.
Mille et un détours
Pour savoir ceci :

Ni cul et ni sac,
Voltaire crie grâce.
Tous les culs-de-sac
Seront des impasses.

Au quartier latin,
Je perds mon latin.
Où sont les leçons
De monsieur Sorbon ?

D'abord provisoire,
Notre Tour Eiffel
Devint éternelle.
Attention ! Histoire.

Premier député

Premier député
De notre assemblée,
Son sort fut scellé
Aux champs Elysées.

Jean Sylvain Bailly
Fut le premier maire
Et perdit la vie
Avant Robespierre.

Raccourcis d'histoire !
Rimes pour savoir :
Gaulois intégrés
Et romanisés.

C'est bien plus facile.
Le grand BOCCADOR
Dessina Chambord
Et l'Hôtel de Ville.

Hemingway et Man Ray

Dans les années folles,
Le grand Hemingway
Y but de l'alcool
Et prit le tramway.

Paris, sa maîtresse,
Lui permit l'ivresse,
Prohibée chez lui
Aux Etats-Unis.

Le dos de Kiki
Est un violoncelle.
La photographie
De Man Ray est belle.

Soutine hébergea
Ce joli modèle.
Le nu dans leurs bras
Fit des étincelles.

Solferino et Henri Dunant

A Solferino,
C'était le chaos.
Dunant pris conscience
Face à ces souffrances.

Napoléon III
Etait victorieux
Mais des valeureux
Etaient aux abois.

Il y a bien sûr
Des hommes qui bougent
Pour qu'une Croix Rouge
Soigne les blessures.

Premier prix Nobel
De la paix, laquelle ?
Un homme un destin :
Espoir pour demain.

Saint-Sulpice

C'est à Saint-Sulpice
Qu'on pense au Saint Graal
Et à son calice
Aux secrets qui parlent.

Le Da Vinci code
N'est-il qu'un roman
Plutôt excellent ?
Des chercheurs décodent.

Jacob courageux
Lutte avec un ange.
Delacroix mélange
Des couleurs pour Dieu.

L'enfant à la Vierge
Du sculpteur Pigalle
Me montre la neige
D'un cœur idéal.

La rue Pélican

Je flâne et traverse
L'enfance et le temps.
Parfois, une averse
M'arrête et j'entends :

Les mots de la pluie,
Un autre langage,
Une mélodie,
Le chant des nuages.

Je vois juste en face
Le nom d'une rue.
Je cherche une place
Pour mes yeux émus.

La rue Pélican,
Jadis « Poil au con »,
Offrait aux garçons
Des plaisirs payants.

Rodin et Rilke

C'est dans le jardin
Du musée Rodin
Que vit un penseur.
Que lui dit son cœur ?

Cocteau et Matisse
Furent locataires.
Maria Rilke
Fut son secrétaire.

Regardez aussi
Le baiser vivant
Et les mains d'amants :
Comme ils sont précis.

L'espace et le temps :
Marbre difficile !
Oh ! Le mouvement
Des bras immobiles !

Premier prix Nobel

Premier prix Nobel
De littérature,
Prudhomme rappelle
L'oubli du futur.

Paris l'a vu naître
Mais pas disparaitre.
Il aimait Ronsard
Ses sonnets, son art.

La tendresse humaine,
Pour moi, n'est pas vaine.
On l'apprend souvent
Auprès des enfants.

La joie se découvre
Comme une Amérique
Et les portes s'ouvrent
Aux cœurs poétiques.

Le Panthéon

Place des grands hommes,
Je suis tout petit ;
Mais je suis en vie
Et c'est mieux en somme.

Voici quelques clés
Pour ouvrir les portes
D'un glorieux passé
Que mes yeux emportent !

Des axes romains
Servent aujourd'hui :
La rue Saint-Denis,
La rue Saint-Martin,

Et la rue Saint-Jacques.
Plus loin les arènes,
Gladiateurs sans casque,
Tragédies anciennes !

La prison Mazas et Rimbaud

La prison Mazas
Pour Rimbaud l'espion.
La gare de Lyon
Était juste en face.

Je frappe à la porte
De la Poésie.
Des mots me transportent
A travers Paris.

Paris est petit :
Rencontre aux beaux jours
Tout près de midi
D'une ancienne amour.

Dans la rue de Rome,
Un beau violoncelle
Nous est fraternel
Avec sa voix d'homme.

Paris gauloise et romaine

Il y a longtemps,
Paris a brûlé.
Pauvres habitants,
Fuir pour résister !

C'est Camulogène
Qui eut cette idée,
Afin de piéger
Les légions romaines.

Sur le champ de Mars,
Gaulois et romains
Furent face à face
La gloire à la main.

Allez voir sans faute
Le pilier des Nautes :
Armateurs celtiques
Sur la Seine antique.

La Bourse, la rue des Colonnes

La bourse est fermée ;
Je mange un gâteau
Pareil aux lingots :
C'est un financier.

La rue des colonnes
Est particulière.
Son style résonne
Révolutionnaire.

Mandar, très sociable,
A bien dessiné
D'immeubles semblables
Pour l'égalité.

Concours de musique
Et d'art dramatique,
Le concours BELLAN
Cherche des talents.

Le Louvre

C'est François Premier,
Très grand chevalier,
Qui le fit renaître
Pour mieux apparaître.

Le Louvre nous ouvre
Mille et une portes.
Ici, tout transporte
Mes yeux. Je découvre.

On peut admirer
Psyché ranimée
Par le doux baiser
De l'amour ailé.

Voir le ténébrisme
Et le clair-obscur !
Ah ! Quelle peinture !
Le caravagisme !

Montmartre

Le mont des Martyrs
Ou le mont de Mars
Voit Paris sourire
Depuis ses terrasses.

Le Lapin Agile
Fait le grand écart.
On y chante tard
Des chansons habiles.

C'est l'âne Lolo
Qui a peint du feu
Avec un pinceau
Au bout de sa queue !

Au salon sans prix
Des indépendants,
La toile se vendit
Au profit d'enfants.

Paris Sacré-Cœur

Paris catholique
Et les protestants !
Etat très critique
Et noces de sang !

Paris religieux !
Saint Barthélemy
Pour le même Dieu !
Mais contre la vie.

Paris Sacré Cœur
Pour la République !
Répression tragique
A l'esprit vengeur !

Paris troubadour
Du pré Catelan !
Je vois des amants
Qui vont vers l'amour.

Paris Plages

Paris et sa plage
Bien loin du Touquet !
Comme je suis sage
Au bar d'un troquet !

Il fait beau ; c'est bon ;
Les femmes sont belles.
Mes regards s'en vont
En douce vers elles.

Au fond de mes yeux
S'éveille un ciel bleu.
La chaleur enfin
Me tient par la main.

Et, le soleil brille
Aux poignets des filles
Qui jouent à l'amour
Qui dure toujours.

Le 14 juillet

Révolutionnaire
Puis trop indulgent,
Face à Robespierre
Loin d'être clément,

Fabre d'églantine
Chante : « Il pleut Bergère »
Mais la guillotine
Ne l'épargna guère.

Marie-Antoinette
Y perdit la tête.
La Terreur, ici,
Changea les esprits.

Paris sacrifice !
Paris Guy Môquet !
Quel feu d'artifice
Le quatorze juillet !

La tour Eiffel

La dame de fer
Fêta la nation,
La révolution
Et son centenaire.

Maupassant, Dumas
Ne l'appréciaient pas.
Seurat va la peindre.
Verlaine la craindre.

Des noms tels Laplace
Becquerel, Ampère,
Chaptal et Daguerre
Brillent sur ses faces.

Triomphe du fer !
L'époque fut belle
De la tour Eiffel
A la grande guerre.

Poulbots, place du Tertre

Gosses de Montmartre !
Voici le théâtre
De monsieur Poulbot
Ou Victor Hugo !

Titi parisien ;
Poulbots très connus,
Gavroches malins
Ou gamins des rues !

La place du Tertre
Attend les touristes.
Peintres, portraitistes
Séduisent les êtres.

Je suis face à face
Au profil du temps.
Dali, catalan,
Sculpte dans l'espace.

1860 et Haussmann

Mille huit cent soixante,
Paris s'agrandit.
C'est le grand Paris,
L'idée innovante.

Haussmann a coupé
Belleville en deux
Et les ouvriers
Furent moins nombreux.

La rue du Soleil
Est dans le vingtième.
Le Nord se réveille
Dans le dix-neuvième.

Pour que le seizième
Ne fut le treizième,
L'idée de POUSSOZ
Fut un escargot.

La rue Gratte-Cul

Je suis un poète
Mais pas historien ;
C'est un pense-bête
Pour tous les terriens.

Avec internet,
Je clique et j'arrive
Sur les belles rives
D'un savoir en fête.

Toile d'araignée !
Des correspondances
Et des connaissances !
Quelle liberté !

Sexes masculins !
Les rues Gratte-Cul
Et Tire-Boudin
Ont bien disparu.

Plusieurs fois enceintes

Paris est-il elle ?
Paris est-elle il ?
C'est bien difficile.
Paris est si belle.

Femme convoitée
Par tant de guerriers
Et, puis, emmurée
Pour la protéger,

Plusieurs fois enceintes,
Mère magnifique,
Sa dernière étreinte :
Le périphérique.

Baudelaire eu peur
Du baron Haussmann.
Il changea le cœur
De son vieux Paname.

L’Opéra

Je descends du bus ;
Place Diaghilev
Et ses ballets russes.
La danse est un rêve.

Que de femmes nues
J’ai vu dans la rue
Avant d’arriver
Près de son entrée !

Face à l’Opéra,
J’invente le son
Des petits chaussons
De ses petits rats.

Tout vibre et tout danse !
C’est la joie immense
Qui chante et s’élance
Vers ce que je pense !

Wagner, Stravinsky

Buste de Mozart
Et de Beethoven,
La musique est l'art
Des sons qui s'en viennent.

Le vaisseau fantôme
De Richard Wagner
Approcha naguère
Paris et ses dômes.

Igor Stravinsky :
Sacre du printemps.
Théâtre des champs
Elysées ! Quels cris !

Le quatre septembre
Naît la République,
Début chaotique
Face à une chambre.

Au bonheur des dames

Célèbre Paris
Et deviens célèbre !
Ne fais plus le zèbre.
Trouve ton génie !

Le bonheur des dames
Fut au bon marché.
Zola et son âme
S'en sont inspirés.

Liberté féconde,
Proche du musée
Des arts et métiers,
Eclaire le monde !

Dans l'île Saint-Louis,
Je mange des glaces :
Doux parfums de fruits,
Couleurs face à face.

Résistance et délivrance

Porte d'Orléans,
La porte d'entrée :
Voici les blindés,
Leclerc triomphant !

Place aux résistants !
Place aux époux Bash !
Histoire qui fâche
Face aux allemands.

Gabriel Péri,
Pierre Brossolette,
Henri Pol-Tanguy
Des mois de cachette.

Montée aux flambeaux :
Corps de Jean Moulin,
Tragique destin,
La voix de Malraux.

L'impressionnisme et Nadar

Musée Marmottant :
Je vois l'impression
Du soleil Levant.
Serait-il couchant ?

Astre fatigué
Ou bien réveillé ?
Que faut-il penser
Ou imaginer ?

Nadar l'a compris.
La photographie
Et l'impressionnisme
Ont les mêmes prismes.

Au musée Guimet,
C'est Mata Hari
Qui danse et sourit
Pour l'Inde et Paris.

Batignolles et Saint-Eustache

Verlaine et Cendrars
Sont aux Batignolles
Et mes mots s'envolent
Vers des œuvres d'art.

Colbert et Rameau
Sont à Saint-Eustache.
Dehors, des oiseaux
Jouent à cache-cache.

Une canopée
Couvrira les Halles.
L'idée tropicale
Parcourt l'été.

Sur le carrousel,
Le sapeur Mariole
Fut un grand modèle
Ainsi qu'une idole.

Le Lion de Belfort

Le lion de Belfort
Fit face aux prussiens :
Défense d'abord
Pour l'honneur des siens !

Territoire gardé,
Bartholdi debout :
Sculpteur avant tout
De la liberté !

Rochereau fut fort.
Thiers dut le prier
De vite arrêter
De se battre encore.

Garigliano:
Un fleuve italien ;
Le général Juin
En donna l'assaut.

Belleville

Peut-être présent
Au sacre impérial
De l'aigle géant
Aux serres glaciales,

Bolivar génie,
Le libérateur
De la Bolivie
Et de l'équateur.

La rue des Regards
N'est pas un hasard :
« Source à Belleville
Semble bien tranquille. »

Station télégraphe
Et les tours de Chappe :
Quelques mots s'échappent
D'une autre orthographe.

Boris Vian, Prévert, Nougaro

La cité Veron
Accueillit Prévert
Et son univers
Peuplé de chansons.

Avec Boris Vian
Ils ont bu ensemble
Des mots qui s'assemblent
Et restent vivants.

J'ai vu Nougaro
Au petit journal,
Du jazz et des mots
Au blues abyssal.

Ricardo Bofill
Est un catalan.
Sa place est tranquille
Et d'un autre temps.

Place du Caire

La baie d'Aboukir
Vu vite Périr
La flotte française
Par la flotte anglaise.

Face à Bonaparte,
Nelson ce héros,
Abattit ses cartes
Avec ses vaisseaux.

C'est place du Caire
Que vit un mystère :
L'homme au bras levé!
Que veut-il cacher ?

Venant de la mer,
Des chevaux prenaient
La rue Poissonnière.
Ah ! quels poissons frais !

La «Ville de lumière»

Du temps des gibets,
Le Grand Châtelet
Était la prison
De François Villon.

Porte Saint-Martin,
Porte Saint-Denis :
C'est la monarchie
Et son droit divin.

Premier lieutenant
D'une autre police,
Des mouches complices
Pour être au courant,

La Reynie éclaire
Les rues de Paris
Qui devient ainsi
La « Ville lumière ».

Le jardin du Luxembourg

Palais d'une reine,
Prison de Danton,
La révolution
Près d'une fontaine,

Un marchand de masques
De grands écrivains,
Une belle vasque
Dans un grand bassin,

Je loue un voilier
Pour l'imaginaire.
J'atteins des contrées.
Je pense à mon père.

Des yeux, des étoiles
Vont vers mon enfance.
Ici, l'innocence
Chante dans les voiles.

Enfance au jardin

Parfois, j'ai la chance
De voir la beauté.
Je me dis : « Silence !
Veux-tu regarder ?»

Et je mets mon cœur
Tout près de mes yeux.
J'observe le bleu
D'un simple bonheur.

Des enfants, des rires
Des soleils de mots,
Ma fille, un cerceau,
Mon âme respire.

Des statues de maître,
Un jardin, de l'eau,
Oh ! Comme c'est beau :
Juste la joie d'être.

Octobre 2014

Printed in Poland
by Amazon Fulfillment
Poland Sp. z o.o., Wrocław

32626864R00049